小学館文庫

ラインマーカーズ

The Best of Homura Hiroshi

穂村 弘

小学館

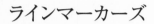

ビー玉が道路をころがってきて、そのあとから子どもたちがやってくる
（B・ヴィアン）

ラインマーカーズ　目次

装丁　名久井直子

シンジケート

#01

体温計くわえて窓に額つけ「ゆひら」とさわぐ雪のことかよ

子供よりシンジケートをつくろうよ「壁に向かって手をあげなさい」

ウエディングヴェール剝ぐ朝静電気よ一円硬貨色の空に散れ

モーニングコールの中に臆病のひとことありき洗礼の朝

パイプオルガンのキイに身を伏せる朝　空うめる鳩われて曇天

抱き寄せる腕に背きて月光の中に丸まる水銀のごと

「猫投げるくらいがなによ本気だして怒りゃハミガキしぼりきるわよ」

「とりかえしのつかないことがしたいね」と毛糸を玉に巻きつつ笑う

「キバ」「キバ」とふたり八重歯をむき出せば花降りかかる髪に背中に

新品の目覚めふたりで手に入れる　ミー　ターザン　ユー　ジェーン

水滴のしたたる音にくちびるを探れば囓じるおきているのか

乾燥機のドラムの中に共用のシャツ回る音聞きつつ眠る

卵大のムースを俺の髪に塗りながら「分け合うなんてできない」

水滴のひとつひとつが月の檻レインコートの肩を抱けば

「酔ってるの？あたしが誰かわかってる？」「ブーフーウーのウーじゃないかな」

夕闇の受話器《クレイドル》受けふいに歯のごとし人差し指をしずかに置けば

君がまぶたけいれんせりと告げる時谷の紅葉最も深し

許せない自分に気づく手に受けたリキッドソープのうすみどりみて

ゼラチンの菓子をすくえばいま満ちる雨の匂いに包まれてひとり

孵るものなしと知ってもほおずきの混沌《カオス》を揉めば暗き海鳴り

ワイパーをグニュグニュに折り曲げたればグニュグニュのまま動くワイパー

#02

Ａ・Ｓは誰のイニシャルAsは砒素Ａ・Ｓは誰のイニシャル

春雷よ「自分で脱ぐ」とふりかぶるシャツの内なる腕の十字

百億のメタルのバニーいっせいに微笑む夜をひとりの遷都

脱走兵鉄条網にからまってむかえる朝の自慰はばら色

卵産む海亀の背に飛び乗って手榴弾のピン抜けば朝焼け

爪だけの指輪のような七月をねむる天使は挽き肉になれ

呼吸する色の不思議を見ていたら「火よ」と貴方は教えてくれる

ばらのとげ泡立つ五月　マジシャンの胸のうちでは鳩もくちづけ

目薬をこわがる妹のためにプラネタリウムに放て鳥たち

マジシャンが去った後には点々と宙に浮かんでいる女たち

抱きしめれば　水の中のガラスの中の気泡の中の熱い風

はしゃいでもかまわないけどまたがった木馬の顔をみてはいけない

五月　神父のあやまちはシャンプーと思って掌にとったリンス

フェンシングの面《マスク》抱きて風殺すより美しく「嘘だけど好き」

ねむりながら笑うおまえの好物は天使のちんこみたいなマカロニ

ほんとうにおれのもんかよ冷蔵庫の卵置き場に落ちる涙は

蜂をのんで転がり回る犬よこの口と口とがぶつかる春を

ハーブティーにハーブ煮えつつ春の夜の嘘つきはどらえもんのはじまり

サバンナの象のうんこよ聞いてくれだるいせつないこわいさみしい

「前世は鹿です」なんて嘘をためらわぬおまえと踊ってみたい

愚かなかみなりみたいに愛してやるよジンジャエールに痺れた舌で

耳たてる手術を終えし犬のごと歩みかゆかんかぜの六叉路

「さかさまに電池を入れられた玩具《おもちゃ》の汽車みたいにおとなしいのね」

春を病み笛で呼びだす金色のマグマ大使に「葛湯つくって」

人はこんなに途方に暮れてよいものだろうか　シャンパン色の熊

鳥の雛とべないほどの風の朝　泣くのは馬鹿だからにちがいない

「耳で飛ぶ象がほんとにいるのならおそろしいよねそいつのうんこ」

「唾と唾混ぜたい？夜のガレージのジャッキであげた車の下で」

「ボーカルは顔ばっかりでマフィアならゴッドファーザー級《クラス》の音痴」

「クローバーが摘まれるように眠りかけたときにどこかがピクッとしない？」

「吼え狂うキングコングのてのひらで星の匂いを感じていたよ」

「自転車のサドルを高く上げるのが夏をむかえる準備のすべて」

罪の定義は任せるよセメダインの香に包まれし模型帆船

自転車の車輪にまわる黄のテニスボール　初恋以前の夏よ

若き海賊の心臓？　真緑にゆれるリキッドソープボトルは

海にゆく約束ついに破られてミルクで廊下を磨く修道女《シスター》

積乱と呼ばれし雲よ　錆色のくさり離してブランコに立つ

前夜《イヴ》のための前戯か頰をうちあえばあかあかと唐がらしの花環《リース》

真夜中の大観覧車にめざめればいましも月にせまる頂点

パレットの穴から出てる親指に触りたいのと風の岸辺で
試合開始のコール忘れて審判は風の匂いにめをとじたまま

#03

秋になれば秋が好きよと爪先でしずかにト音記号を描く

秋の始まりは動物病院の看護婦《ナース》とグレートデンのくちづけ

プルトップうろこのように散る床に目覚めるとても冷たい肩で

空の高さを想うとき恋人よハイル・ヒトラーのハイルって何?
ボールボーイの肩を叩いて教えよう自由の女神のスリーサイズを
桟橋で愛し合ってもかまわないがんこな汚れにザブがあるから

抜き取った指輪孔雀になげうって「お食べそいつがおまえの餌よ」

くちうつしのホールズ光る地下鉄の十色使いの路線図の前

こわくなることもあるよと背を向けたまま鳥かごの窓を鳴らして

糊色の空ゆれやまず枝先に水を包んで光る柿の実

雨の中でシーソーに乗ろう把手まであおく塗られたあのシーソーに

嘘をつきとおしたままでねむる夜は鳥のかたちのろうそくに火を

ジョン・ライドンに敬礼を　小便小僧のひたいに角《つの》生れし朝

朝の陽にまみれてみえなくなりそうなおまえを足で起こす日曜

「許さない」と瞳《め》が笑ってるその前にゆれながら運ばれてくるゼリー

歯を磨きながら死にたい　真冬ガソリンスタンドの床に降る雪

恐ろしいのは鉄棒をいつまでもいつまでも回り続ける子供

終バスにふたりは眠る紫の〈降りますランプ〉に取り囲まれて

かぶりを振ってただ泣くばかり船よりも海をみたがる子供のように

ちんちんをにぎっていいよはこぶねの絵本を閉じてねむる雪の夜

「男の子はまるで違うねおしっこの湯気の匂いも叫ぶ寝言も」

「芸をしない熊にもあげる」と手の甲に静かにのせられた角砂糖

はるのゆき　蛇腹のカメラ構えてるけど撮る方が笑っちゃだめさ

声がでないおまえのためにミニチュアの救急車が運ぶ浅田あめ

「鮫はオルガンの音が好きなの知っていた？」五時間泣いた後におまえは

イースターの卵をみせるニットから頭がでないともがくおまえに

警官も恋する五月　自販機《ヴェンダー》の栓抜きに突き刺すスプライト

女兵士《アパッチ》はねむるラジオのアンテナに風呂で洗ったパンツ掲げて

くわえろといえばくわえるくわえたらもう彗星のたてがみのなか

査定0の車に乗って海へゆく誘拐犯と少女のように

飛びすぎたウインドウォッシャーやねに降る季節すべては心のままに

ゴムボードに空気《エア》入れながら「男なら誰でもいいわ」と声たてて笑う

抱きたいといえば笑うかはつなつの光に洗われるラムネ玉

「海にでも沈めなさいよそんなもの魚がお家にすればいいのよ」

なきながら跳んだ海豚はまっ青な空に頭突きをくらわすつもり

朝焼けが海からくるぞ歯で開けたコーラで洗えフロントガラス

ごーふる

1　おろおろ

十月のスケート場びらきの朝、友達みんなで滑りに行った。しばらく滑った後でスケート・リンクの横の飲み物を売ってる所で休んでいたら、横で白い息を吐きながらホットカルピスを飲んでいた顔見知りの女が、急に私に向かって「カルピス飲むと白くておろおろした変なものが、口からでない?」と、いった。私はとても驚いて、「でる。」と、反射的に答えながら、この女とつき合おうと心に決めていた。

次の日、その女を口説こうと思って、上野のアメ横で新巻鮭を買って、女の部屋へ行った。通りに面した部屋の窓から新巻鮭を投げ込んだら、女が窓から顔を出したので、「好きだ。つき合ってくれ。鮭やるぞ。食ってくれ。」と、いってみた。女はあきれて、「鮭ってあなた、熊が熊口説いてるんじゃないんだから。」と、いったけど、私には何のことだかよくわからなかった。熊が鮭を食べるということを知らなかったのである。その頃私は今よりももっと馬鹿で、「水に浮かんだ死体」

のことを「大五郎」だと信じていた程でした。本当は「土左衛門」というのです。

女と知り合う前の私は、中に水の入った灰皿や、ちくちくするセーターや、市バスの「降りますボタン」や、おしゃべりな床屋をこわがるような奴で、コーヒーを飲もうとして口にふくんだまままそれを飲み込むのを忘れてしまい、しばらくして何かの拍子に口を開くとコーヒーが「ベーっ」と、胸にこぼれてしまう、というようなことが珍しくなかった。

ともあれ女が頭よりも性格を重視するタイプで、その頃私は「フランダースの犬か穂村か。」といわれる程性格がよかったので、「いいよ、つき合ってあげる。」と、いわれてその女と暮らすようになった。

2　編み込み

「眠るつもりなんて全然なかったのに、昼過ぎになんとなく眠ってしまった。

目が覚めるともう夕方で、部屋の中は薄暗い。窓の外のどこかで、トラックがバックする時に発する警告音が鳴っている。鼻の頭が冷たい。とても空虚な感じがして、取り返しのつかないことをしたような気持ちになって、ふとんから起き上がることができない。こわいような感じがして起き上がることができない。眠るつもりはなかったのにうっかり眠ってしまって、目が覚めたら夕方だった、っていうだけでこんな感じになるのはおかしい。みんなはいろんなことをして、スカイ・ダイビングとかする人だっているのに、自分はふとんから起き上がることができないなんて、おかしいと思う。でもだるくてこわくて全然だめだ。何がだめだかわからない程だめだ。そのままの状態で何時間も過ぎる。やがて完全に暗くなった部屋で、やっとふとんから起き上がることに成功する。テレビのところまで行ってスイッチをいれると、シンドバッドが海賊と戦っていました。」

「食パンを食おうとして、塗りすぎたママレードが胸に垂れたとたんにだるくなってしまう、『まずパンを全部食ってから拭こう。』とか思って食パンを食い終えた時には、今度は指がママレードでべたべたになってるんだ。拭かなきゃと思うんだけど体が動かない。呪いだ。ママレードを拭くっていうだけのことが、突然、あやとりで『闘牛士』を作るのと同じ位むずかしくなっちまうんだ。」

「なんで他の人はそこですぐにママレードが拭けるのか、わかんなかったね。暗い部屋でふとんから起き上がる力や、ママレードを拭く力が、どこから出てくるのかわかんなかった。ほら、よく料理番組の途中で『こちらに、先程焼き上げておいたものがございます。』とかいって、急に、それまでぐちゃぐちゃいじってたもんとは別の『できあがり品』がでてくるじゃない。あれだよ。あれ、あんな感じ。あれってどっから出てくるんだろうね?俺にはわかんなかった。まあ、それでも、犯罪にも宗教にもコミケにも走らずに、何とかちまちま暮らしていました。」

「けれどある朝、カルピスを飲んでいたら、俺の口から白くて変なおろおろしたもんが出てきた。それをみた時、とつぜん耳たぶに火がついたような気がして、おもわず『もう生きてやらんぞ。』って叫んでいた。そのおろおろを見た時、俺に対する強い悪意をはっきりと感じて、空のどっか上の方にいる奴を絶対にゆるしてやらんぞと思ったんだ。」

「だからおまえが、スケート場でカルピス飲みながら『カルピス飲むと白くておろおろした変なものが口からでない?』って俺にいった時、とてもびっくりした。あの時おまえ髪の毛を、ちょうど今みたいに、編み込みにしてただろ?とてもきれいだった。口から白いおろおろを出しても、すこしもだるくならずに、あまつさえ髪の毛をきっちり編み込みにして暮らしていける奴がいるなんて、と思って、本当に驚いたんだよ。」

3　ごーふる

夕暮れの台所で、女は私に、中にストロベリー・クリームをはさんだ凮月堂の「ごーふる」をくれた。あ、ごーふるだといって私はそれを受けとった。そしてごーふるごーふるといいながら、いちごのクリームのはさまったごーふるをパリパリ食べた。女は私をみて笑っていた。私は女のきれいに編み込まれた髪をみて、もう大丈夫だと思った。もう大丈夫なんだ。女は笑っていた。

女は笑いながら「そんなわけないでしょ。」と、いった。

女は笑いながら、自分の編み込みをつかんで、それを頭からはずした。「私、本当はハゲなの。」と、女はいった。「口からおろおろ出してんのに、髪を編み込みにして暮らしていける女なんているわけないじゃない。」女は楽しそうに笑っていた。かつらをはずしたその頭は、つるつるだった。

「ごーふる。」と、私はいった。ごーふる。

女は笑いながら「そうよ、ごーふるよ。」と、いった。

「つるつる。」と、私はいった。つる。

女は笑いながら「そうよ、つるつるよ。」と、頭を撫でた。

「私たちは、つるつるでごーふるなのよ。」と、女はいった。「初めからそうだったのよ。忘れたの？」

「初めから?」と、私はいった。

「そうよ。だから私たちは、毎年スケート場びらきの朝に滑りに行くのでしょ?男の子や女の子やおじさんやウエイトレスや酔っぱらいや消防士や消防士の恋人とすれ違いながら、自分の吐く白い息を見ながら、できたてのリンクの上を滑ってゆくのはとても楽しい。それは私たちがつるつるでごーふるだからだよ。」と、女はいった。

「・・・・・。」と、私はいった。

「だよ。」と、女はいった。

「自分の吐く白い息?」と、私はいった。

「うん。」と、女はいった。

「そうか。」と、私はいった。

「自分の吐く白い息。思い出した。楽しかった。転んで氷に手をついたまま、はあはあいうのも楽しかった。そうだ。俺たちは、俺は、つるつるでごーふるだったんだ、最初から。そして、そしてホチキスの・・・。」私は言葉を切って、深呼吸した。こわかったのだ。

「そしてホチキスの針の最初のひとつのように、自由に、無意味に、震えながら、光りながら、ゴミみたいに、飛ぶのよ。」と、女は笑った。

私も、笑った。笑うより他なかったのだ。

ドライドライアイス

朝の鳥がさえずる前に胸をひらけシャツのボタンをすべて飛ばして

シャボンまみれの猫が逃げだす午下がり永遠なんてどこにも無いさ

真夜中の中古車売り場で思い切り振って渡した三ツ矢サイダー

ガードレール跨《また》いだままのくちづけは星が瞬くすきを狙って

「あの警官は猿だよバナナ一本でスピード違反を見逃すなんて」

キスに眼を閉じないなんてまさかおまえ天使に魂を売ったのか？

夜のあちこちでＴＡＸＩがドア開く飛び発つかぶと虫の真似して

夜のテトラポッドを跳べば「口のなか切っているでしょ？　血の味がした」

水銀灯ひとつひとつに一羽づつ鳥が眠っている夜明け前

眼をとじて耳をふさいで金星がどれだかわかったら舌で指せ

回転灯の赤いひかりを撒き散らし夢みるように転ぶ白バイ

パトカーと遊ぶ子供らナンバーを色とりどりのガムで隠して

月の夜の暴走族は蜜蜂のダンスを真似て埋立地まで

チューニング混じるラジオが助手席で眠るおまえにみせる波の夢

風の交叉点すれ違うとき心臓に全治二秒の手傷を負えり

銀幕に眼を閉じたまま氷だけ残ったコップを座席《シート》の下に

校庭の地ならし用のローラーに座れば世界中が夕焼け

「フレミングの左手の法則憶えてる?」「キスする前にまず手を握れ」

ラムネ工場で仔猫を見失ったとき入道雲の拍手を浴びる

あ　かぶと虫まっぷたつ　と思ったら飛びたっただけ　夏の真ん中

ジェット機が雲生むまひる愛のかわりに潜水で股間をくぐれ

「眠ってた？　ゴメンネあのさ手で林檎搾るプロレスラー誰だっけ？」

天使にはできないことをした後で音を重ねて引くプルリング

「綺麗なものにみえてくるのよメチャクチャに骨の突き出たビニール傘が」

首に掛けた紐付き石鹼弾むのを奪う心臓奪うみたいに

「人類の恋愛史上かつてないほどダーティーな反則じゃない？」

泣きじゃくりながらおまえが俺の金でぐるぐるまわすスロットマシン

「神は死んだニーチェも死んだ髭をとったサンタクロースはパパだったんだ」

後ろ手に縛ったおまえの瞳《め》をみれば　潜水艦に満ちる音楽

叫びながら目醒める夜の心臓は鳩時計から飛びだした鳩

「童貞に抜かせちゃ駄目よシャンパンの栓がシャンデリアを撃ち落とす」

スニーカーの踵つぶして履く技を創り給いしイエス・キリスト

星座さえ違う昔に馬小屋で生まれたこどもを信じるなんて

お遊戯がおぼえられない君のため瞬くだけでいい星の役

お遊戯がおぼえられない僕のため嘶くだけでいい馬の役

夕映えの砂場に埋めた最愛の僕のロボットの両手はドリル

飛ばされて帽子は海へ　今朝はもうおまえの心などみたくない

胸に掌の形の汗をブラインドに切り刻まれたひかりのなかで

忘れたいことを忘れろアルファベットクッキー池のアヒルに投げて

信じないことを学んだうすのろが自転車洗う夜の噴水

海のひかりに船が溶けると喜んでよだれまみれのグレイハウンド

心臓を賭けてもいいよ誰だって浮き輪になんか立てってこないさ

愚か者・オブ・ザ・イヤーに輝いた俺の帽子が飛ばされて　海へ

ピリン系

餌さ皿に犬の名前を書いてやる芝生を光らせる風のなか

透き通る受話器のなかのカラフルな配線を視る勃起しながら

カナリアを胸ポケットに挿し込んで便器《フラッシュ》レバーに映される夜

君はただかわいいだけだと思うけど　M・モンローによる始球式

天体望遠鏡覗きつつ「乳歯なら虫歯だらけになってもいいや」

弟よ　目醒まし時計を銀紙でくるめ夏休みの始まりだ

苺喰むママが突然わらいだす人造人間爆発のごと

ピーマンの断面きみに見せたくて呼び鈴押しにゆく夏の夜

純白の浮き輪を首に掛けられる「ホムラ選手」と呼び止められて

講堂に飛び込んできた鳥を追いかけたおまえの瞳を想う

試験管の破片をふたり拾うとき音階のごとく燃えるひまわり

「騎士道精神に照らせ」と歯磨き粉乗せ歯ブラシは天を指したり

陽光のなかに夜明けの夢を告ぐ　スプリンクラーにとまる黒揚羽

永遠を口走るときききらきらと林檎飴売り同士の喧嘩

ばらばらのストップウオッチもう一度組み立て直したら虹になる

向日葵のなかを歩めり球視界有《も》つカメレオンをあたまに乗せて

鈴なりの黒人消防士がわめく梯子車に消《に》た婚約指輪

「土星にはチワワがいる」と歯磨きの泡にまみれたフィアンセの口

助手席のおまえが抱いた向日葵の黄色あたまが海風に散る

天国の通貨を想うタバスコをトマトに振って笑いあうとき

「写真、一枚もないんだ、ごめんね」とチューインガムの匂いの夜に

アイスノンの中身をぶっかけたように愛の絶頂に輝く笑顔

ゴルゴンゾーラチーズが映る恋人の瞳に天国の乞食を想う

恋人に知能指数を自慢する　樹上に群れる台湾コブラ

浮袋に空気吹き込みながらみるおまえの臍にかがやく水を

ひまわりを空き瓶に挿す　消防車の群れも眠りにつく夜明け前

かなしみを忘れし者よ煙るごとき蜘蛛は灯火《あかり》のスイッチの上

金髪のひとじゃん拳するゆめをみていましたとおめめが真っ赤

陽炎のなかの犬小屋ゆれている　鎖がみえる　首輪がみえる

ペイントの人魚が笑うシャッターに凭れて朝陽に目を閉じたまま

蛸足配線

レインコートをボートに敷けば降りそそぐ星座同士の戦《いくさ》のひかり

逢いたいのいますぐ来てという声をかこむ熱帯の果実を想う

描きかけのゼブラゾーンに立ち止まり笑顔のような表情をする

「なんかこれ、にんぎょくさい」と渡されたエビアン水や夜の陸橋

ウエディングドレス屋のショーウインドウにヘレン・ケラーの無数の指紋

ガードレールを飾る花束《ブーケ》の色まるでわからない月の光に濡れて

くだもの屋のあかりのなかに呆然と見開かれたる瞳を想う

眼鏡猿栗鼠猿蜘蛛猿手長猿月の設計図を盗み出せ

きがくるうまえにからだをつかってね　かよっていたよあてねふらんせ

放心の躰《たい》を抱けばきらきらと獅子の口より水の束落つ

眩しいと云ってめざめる者の眼を掌で覆うときはじまる今日よ

惑星別重力一覧眺めつつ「このごろあなたのゆめばかりみる」

冬の窓曇りやすくて食べかけの林檎ウサギはその胸の上

筋《きん》傷むまでくちづけるふゆの夜のプールの底に降るプラタナス

ひらがなっきゃ読めないひとの手をひいてあかるいあかるい月の道です

ジューサーとミキサーの墓場想いつつおまえの脚を折り曲げる夜

両膝をついて抱き合う真夜中のフリーザーには凍る食パン

はんだごてまにあとなった恋人のくちにおしこむ春の野いちご

約束はしたけどたぶん守れない　ジャングルジムに降るはるのゆき

うちの猫、ドッグフードが好きなの。と春の鏡のなかの美容師

硝子の外ははるのかぜ　恋人が怒った顔でわたす知恵の輪

甲虫《こうちゅう》をつるつる頭にたからせたマネキンよ　愛の城の門番

責めつづける論理きわまる暁のアクアマリンという石のいろ

丸窓にきみは寄りつつ「見エル見エル愚カナ人魚姫ノ昇天」

さみしくてたまらぬ春の路上にはやきとりのたれこぼれていたり

窓硝子の影が散らばる教室に無瑕のユリスモールを想う

二種類の涙光れりポラロイドカメラのように不思議な夜に

交叉点で写真を返す太陽の故障のような夕映えのなか

「腋の下をみせるざんす」と迫りつつキャデラック型チュッパチャップス

銀の魚銜えたフラミンゴのシートもて真夜中の単車をくるむ

ねだられて人魚に渡す襟章はとどろく春の潮騒のなか

文字盤に輝く　WATER RESISTANT SHOCK RESISTANT LOVE RESISTANT

隕石のひかりまみれの手で抱けば君はささやくこれはなんなの

アトミック・ボムの爆心地点にてはだかで石鹸剝いている夜

抱き起こす自転車のカゴゆがんでる　散らばる雲のその下をゆく

赤ちゃんの靴と輪投げと月光の散らばる路面電車にひとり

日の丸の円周率のうつくしい産医師異国で血に染まりおり

曲馬団同窓会のお知らせに微笑みながら震えはじめる

山脈を越える新型大砲を抱いて微笑むミス・ナチス・ドイツ

ペンキまみれの脚立に立って恋人の致命的欠陥を想えり

素はだかで靴散乱の玄関をあけて百済の太陽に遭う

超長期天気予報によれば我が一億年後の誕生日　曇り

陽溜りにピアノの椅子を持ちだして「ねぐせあたま」と題する素描

やわらかいスリッパならばなべつかみになると発熱おんなは云えり

このあろはしゃつきれいねとその昔ファーブルの瞳《め》で告げたるひとよ

眼鏡型渦巻きストロー駆け回るミルク　死ぬまで騙しておくれ

抱きあえば夜明けの床に蝿と蝿叩きのジグソーパズルばらばら

手づかみのシリアル頒《わか》つ扇風機の羽根柔らかくひかる朝《あした》を

階段を滑り墜ちつつ砕けゆくマネキンよ僕と泳ぎにゆこう

夏の川きらめききみの指さきがぼくの鼻血に濡れてる世界

夕闇に溶けゆく　ネーブル・オレンジと蠅をみていたあのまなざしは

都庁窓拭き人がこぼしたコンタクトレンズで首は切断された

妹のイニシャル入りのバファリンを噛み砕く、うウ、をレのよりキくッ

生まれたての仔猫の青い目のなかでぴちぴち跳ねている寄生虫

にょにょーんとピザのチーズを曳きながらユダとイエスのくすくす笑い

微笑せよ仙波龍英どのチャリも盗まれたそうに輝く夜を

俺の眼を覗く警察官の腰周りに黒いものがいろいろ

死んでしまった仔猫のような黒電話抱えて歩む星空の下

セロテープで直した眼鏡を掛け続けクラスメートを愛するタイプ

闘牛士のように瞳《ひとみ》をみひらいて抱きとるだろう夜の花束

賛美歌を絶叫しつつゆらゆらとスーパーマンが空をあゆめり

飛びながらあくびをすると甲虫が喉につまってすごくあぶない

まぼろしの父を想いて羚羊の純白の胸にむけるリモコン

金色の水泳帽がこの水のどこかにあると指さした夏

入道雲に向かって足を投げだして天才蟻の話をしたね

（このジャムは大統領のお気に入り）みずのきらめき（撃たれて死んだ）

バットマン交通事故死同乗者ロビン永久記憶喪失

夏空の飛び込み台に立つひとの膝には永遠《えいえん》のカサブタありき

縞馬のようにきれいな夜がきて恋人たちの耳噛み千切る

「血液に型があるの？」と焼きたてのししゃもみたいな事故車の前で

血まみれの歯ブラシを手に近づけばぴたりととまる夜の噴水

積み上げた本がブラインドの端を歪ませている部屋にめざめる

フランスのフリスクだけはくわせるな／くるいはじめるしまうまのしま

夜の階昇りゆくとき襟巻のきつねの顔から舌がでている

月光よ　明智に化けて微笑めば明智夫人が微笑み返す

こんなめにきみを会わせる人間は、ぼくのほかにはありはしないよ

指さしてごらん、なんでも教えるよ、それは冷ぞう庫つめたい箱

瓦斯タンクにのぼってみたい、と囁かれ、ぼくらはこんなにも、風のなか

手紙魔まみ

手紙魔まみ、夏の引越し（ウサギ連れ）

目覚めたら息まっしろで、これはもう、ほんかくてきよ、ほんかくてき

明け方に雪そっくりな虫が降り誰にも区別がつかないのです

恋人の恋人の恋人の恋人の恋人の恋人の死

いつかみたうなぎ屋の甕のたれなどを、永遠的なものの例として
それはまみ初めてみるものだったけどわかったの、そう、エスカルゴ掴み
恋人のあくび涙のうつくしいうつくしい夜は朝は巡りぬ

〈自転車に乗りながら書いた手紙〉から大雪の交叉点の匂い

高熱に魘されているゆゆのヨーグルトに手をつけました、ゆるして。

ほむらさん、はいしゃにいっていませんね。星夜、受話器のなかの囁き

「汝クロウサギにコインチョコレットを与ふる勿れ」と兎は云えり

妹のゆゆはあの夏まみのなかで法として君臨していたさ

最愛の兎の牙のおそるべき敷金追徴金額はみよ

天才的手書き表札貼りつけてニンニク餃子を攻める夏の夜

「妹のゆゆ、カーテンのキャロライン、なべつかみの久保、どうぞよろしく」

出来立てのにんにく餃子にポラロイドカメラを向けている熱帯夜

硝子《がらす》粒《つぶ》ひかる路面にふたり立つ苺畑の見張りのように

月よりの風に吹かれるコンタクトレンズを食べた兎を抱いて

杵のひかり臼のひかり餅のひかり湯気のひかり兎のひかり

本当にウサギがついたお餅なら毛だらけのはず、おもいませんか？

金髪のおまえの辞書の「真実」と「チーズフォンデュ」のラインマーカー

世界一汚い爪の持ち主はそれはあたし、と林檎をさくり

人と馬のくっついたもの指（？）さしたストローの雫が散る、夜は

ボーリングの最高点を云いあって驚きあってねむりにおちる

整形前夜ノーマ・ジーンが泣きながら兎の尻に挿すアスピリン

腕組みをして僕たちは見守った暴れまわる朝の脱水機を

破裂したイニシャルたちが キ ラキ ラと 降 りそそ ぐ 」 F K M M

歯医者《デンティスト》にゆく朝などを、永遠に訪れないものの例として

花束のばらの茎がアスパラにそっくりでちょっとショックな、　まみより

手紙魔まみ、意気地なしの床屋め

瞳ちゃんのえんぴつけずりを抱きしめて屋根から屋根へ飛んでゆくゆめ

おしっこを飲むとかそういうのじゃないのまみが貴方を好きな気持は

偶蹄目か奇蹄目かをみるための窓が開いてる真夏のミュール

うん、無事に帰ったよ。ゆゆ？　ゆゆは今、ばっちりお化粧してねむってる

ハンドルを持つってどんな気持だろう、入道雲の彼方の夜よ

このピンク、この柔らかさ、本物の魚肉ソーセージでございます、閣下

「一〇一匹わんちゃん」を観て酔っぱらったゆゆを抱えて昇る陸橋

ジャムパンにストロー刺して吸い合った七月は熱い涙のような

本当のおかっぱにって何回も云ったのに、意気地なしの床屋め

二週間にいっぺんくらいライオンの体重を云うよ、ＮＨＫは

口の中にゴキブリが入ってこないようにマスクをして眠ります

「光らなくなったからもう寝るねって書こうとしたら、光ってる。ゆ」

ひまわりに囓られそうなゆゆは夏休み初日のミルク飲みドール

フラミンゴを回転ドアにぎっしりと　輪廻における再会拒否ね

『手紙魔まみ、夏の引越し（ウサギ連れ）』をみせてあげたら夢中で囓る

そう、これはまみがいないとさみしくてすぐ警察を呼んじゃう兎

はい、と頷いて、しばらく考える、イエーイの方がよかったかしら

はちみつ屋のスプーンたちが踊りだす「嘗めてみるまで帰しませんよ」

髭面の水母係が「光れ」って云ったらいっせいに光ったの
星たちがうたいはじめる　水圧でお風呂の栓がぬけない夜に
口あけて星のひかりを受け止めるサファイア姫／リボンの騎士は

まみの話をきいてるの？　不思議だわ、まみの話をきくひとがいる

似合わないところが見たい、ほんとうに似合わないねえって云いたいの

望遠鏡を覗き込むとききらきらとひとり残らず靴ひも解けて

英作文例題五五一「わたしはあなたのパソコンを噛む」

寝袋に入ったまみをいもむしって呼んでください、目を瞑ります

革コートの襟の毛皮に鼻埋めて（じゅうごねんまえころされたうさぎ）

蛸といえば吸盤、冬といえば雪、夜の散歩といえば私たち。

貴方のことだけを考えながら、この手紙は、急速におわります

口あけて星のひかりを受け止めるリボンの騎士／サファイア姫は

手紙魔まみ、教育テレビジョン

自動車のドア開けたときハンドルにかまきりがいる宇宙の確率

パンケーキありがとう、ってゆゆは云う、どんな種類のケーキを見ても

洗濯機に集まってくるかたつむりに1から9まで書いてゆく夏

エスカレーターの手摺りを雑巾で押さえ続ける瞳を閉じて

まみとゆゆはかつてＵＦＯキャッチャーの景品だった　眩しかったの

「5種類のドレッシングから選べます」「選べないから混ぜてください」

紅白の旗を握ってジーパンのジャストフィットの主審と副審

真夜中の原宿オリオンクレープはどぶねずみたちの遊園地なり

インラインスケート履いて裁判の傍聴券を貰いにゆこう

最初から誰かが一口飲んじゃったみたい可愛いエスプレッソよ

ものすごくまみは無駄なの　宇宙から直接降ってくるような雪

かりかりと竜頭を逆に巻くことは時計の体に良くないという

ポニーテールの秘密は、んんん、ほむ、たぶんＦＢＩだから教えにゃい

磨かれた硝子の中の青空へ　脳震盪のセキセイインコ

自動操縦で寝たまま逃げてゆく高速道路の悪い犯人

すぐ横で食べてるときはこの屋台ずっとなくならない気がするの

一次会酩酊くんが書き初めに「酒豪」と書いていじらしかった

隣ではゆゆが寝言を云っている「ほんとにそれを注射するの」と

蓄膿・うでたまご・ゴーレム・無銭飲食・クイーンエメラルダス・素股・竜巻

しましまのスーパーボールの断面を見たい前歯が切断したの

流れ出す貴方の声のアナウンスまぶしいまぶしいまぶしい駅に

指環たち。消えていったわ、自動車のシートの隙間へ、雪の中へ

2001年3月のほむほむは教育テレビの真似っこばかり

天井から吊されている木馬たち　中はお菓子でいっぱいである

撃つ。撃つ。撃つ。と訳してこれは画期的でしたが、撃った。が正しかった、と

不正な処理をおこなったので閉じられるプログラムとして地球のまみ

自動ピアノではないから急におどかしたらまちがえるよ、ほんとよ

手紙魔まみ、完璧な心の平和

見たこともない光沢の服を着た人間たちが溺れる夜だ

お医者さんと結婚してると信じてる、何十年もかかる治療を

1、2、3、∞《たくさん》はアフリカって（悪口ね）、まみはアフリカ、なにも要らない

さようなら。人が通るとピンポンって鳴りだすようなとこはもう嫌

完璧な心の平和、ドライアイスに指をつけても平気だったよ

ハロー　夜。ハロー　静かな霜柱。ハロー　カップヌードルの海老たち。

知んないよ昼の世界のことなんか、ウサギの寿命の話はやめて！

もうずいぶんながいあいだ生きてるの、ばかにしないでくれます。ぷん

これ以上何かになること禁じられてる、縫いぐるみショーとは違う

甘い甘いデニッシュパンを死ぬ朝も丘にのぼってたべるのでしょう

時間望遠鏡を覗けば抱きあって目を閉じているふたりがみえる

下半身が自転車の新しい種族、天道虫がすごくこわいの

それはそれは愛しあってた脳たちとラベルに書いて飾って欲しい

フランケン、おまえの頭でうつくしいとかんじるものを持ってきたのね

水準器。あの中に入れられる水はすごいね、水の運命として

いますグに愛さなけルば死ギます。とバラをくわえた新巻鮭が

両手投げキス、あのこの腕はながいからたいそうそれはきれいでしょうね

「殺虫剤ばんばん浴びて死んだから魂の引取り手がないの」

氷からまみは生まれた。先生の星、すごく速く回るのね、大すき。

この世界のすべてのものは新しい名前を待っているから、まみは

溺れたひとという想定の人形のあたまを抱《いだ》く熱風のなか

手紙かいてすごくよかったね。ほむがいない世界でなくて。まみよかったですね。

「凍る、燃える、凍る、燃える」と占いの花びら毟る宇宙飛行士

おやすみ、ほむほむ。LOVE(いままみの中にあるそういう優しいちからの全て)。

手紙魔まみ、ウエイトレス魂

お客さまのなかにウエイトレスはいませんか。って非常事態宣言

お気に入りの帽子被れば人呼んでアールヌーボー給食当番

コースター、グラス、ストロー、ガムシロップ、ミルク、伝票、抱えてあゆめ

あなたのものよ貴方の物よ（手の中で色水になってしまうフラッペ）

宇宙船が軌道変更するようにもどっていった宇治冷緑茶

まみのレシピィ、まみのレシピィ、だあれも真似をするひとがない熱帯夜。このホイップの渦巻きは機械がやったのがわかるでしょう?

「美」が虫にみえるのことをユミちゃんとミナコの前でいってはだめね

未明テレホンカード抜き取ることさえも忘れるほどの絶望を見た

きらきらと笑みを零して近づいた、ゆゆ、プリクラに飢えていたのね

まみ、いままで、めちゃくちゃだったね、ごめんね、とぼろぼろの髪の毛に謝る

サイダーがリモコン濡らす一瞬の遠い未来のさよならのこと

アイスクリームの熱い涙を嘗めたがるおりこうさんという名のウサギ

外からはぜんぜんわからないでしょう　こんなに舌を火傷している

顔中にスパンコールを鏤《ちりば》めて破産するまで月への電話

なれというなら、妹にでも姪にでもハートの9にでもなるけれど

ドラキュラには花嫁が必要だから、それは私にちがいないから

わからない比べられないでもたぶんすごく寒くて死ぬひとみたい

拳大の蟻が寝息をたてながら囓りつづけるわたしの林檎

その答えはイエス、と不意に燃えあがる銀毛のイエス猫を抱けば

大好きな先生が書いてくれたからMは愛するMのカルテを

（・・リリン）と呼ぶ声がした　云うことをきかないヒトデを叱っていたら

夜が宇宙とつながりやすいことをさしひいても途方にくれすぎるわね

窓のひとつにまたがればきらきらとすべてをゆるす手紙になった

「速達」のはんこを司っている女神がトイレでうたっています

なんという無責任なまみなんだろう　この世のすべてが愛しいなんて

もう、いいの。まみはねむって、きりかぶの、きりかぶたちのゆめをみるから

天沼のひかりを浴びて想いだすさくらでんぶの賞味期限を

一九八〇年から今までが範囲の時間かくれんぼです

玄関のところで人は消えるってウサギはちゃんとわかっているの

いくたびか生まれ変わってあの夏のウエイトレスとして巡り遭う

お替わりの水をグラスに注ぎつつ、あなたはほむらひろしになる、と

札幌局ラジオバイトの辻くんを映し続ける銀盆を抱く

くぐり抜ける速さでのびるジャングルジム、白、青、白、青、ごくまれに赤

じつは、このあいだ、朝　　　　　　なんでもありません

これと同じ手紙を前にもかいたことある気がしつつ、フタタビオクル

夢の中では、光ることと喋ることはおなじこと。お会いしましょう

手紙魔まみ、イッツ・ア・スモー・ワールド

天国から電話がかかってきたように眠ってるのに震える兎

アメリカのまみみたい娘《こ》がSUSHI《寿司》をみて、ははーん、だからMAH-JONG《麻雀》なんだ

摘み取られたことにこの子は気づかない、まだ夢みてる苺を囓る

「ネイビー、アーミー、エア・フォース」って穴ウサギに教えてるまっ青な日曜日

親指と人差指で聖火ランナーをつまんで、あーん、ぱく、って

つけものたちは生の野菜が想像もつかない世界へゆくのでしょうね

体調のわるさに気づく冬の朝タイツを立って履けないことで

小父さんが鞄抱えて飛び込めばダイヤ乱れて煌めく朝

激辛のカレーの鍋におっこったノストラダムスという名の鸚鵡

憧れで胸が張り裂けそうなのにきちんととまるブラウスの釦

襟巻がいいか帽子にするべきか迷っているの、死んだウサギを

嘗めかけの飴をティッシュの箱に置きねむってしまう、世界のなかで

夢に来て金の乳首のちからびと清めの塩を撒きにけるかも

「前頭九枚目より五枚目をただちに前線へ派遣せよ」

降りそそぐ清めの塩のきらきらと横綱戦場派遣審議委員会

「前頭四枚目より筆頭をただちに前線へ派遣せよ」

清めの塩を回し喰いする天使たち、式守伊之助、木村庄之助

「小結及び関脇及び大関をただちに前線へ派遣せよ」

雲龍型、不知火型のミサイルを担いで金剛力士は吠えよ

「外国籍の横綱の髷切り落とし所属の部屋に幽閉すべし」

二階級特進により横綱となりて煌めく不知火型は

戦場にいま燃えあがる天使たち、式守伊之助、木村庄之助

嘗めかけの飴がティッシュの箱にある世界へもどる道をおしえて

襟巻がいいか帽子にするべきか迷っているの、死んだ天使を

降りそそぐ清めの塩のきらきらと世界へもどる道を埋《うず》めて

ラヴ・ハイウェイ

目が覚めたとき鼻先にくるくるとシャボンの球が回る日曜

トム・ソーヤーのお祈りよりも出鱈目な朝の光がパジャマを濡らす

冷蔵庫が息づく夜にお互いの本のページがめくられる音

獣園の檻を握ってきた指が泡立てている真夜中の髪

情報処理試験会場にぼくたちはキューピーみたいな髪型でゆく

青空に逃げ出してゆくクラッシュドアップルパイの発音記号

恋びとの腋剃りあげて口づける夜明けのなかに夏がきている

歯ブラシの群れに混ざって立っているコップのなかの貴方と私

ピアノの調律師が来たよ、と云いあってシーツのなかで息をころせり

暗黒を切り裂く宇宙船のなかで暖めている仔猫のミルク

きみ去りし朝のシーツにきらきらと蛍光ペンの「NASAへゆきます」

NASAと俺とどっち大事と泣きながらフランスパンのかけらを食べる

Happy birthday dear Mark & Izumiって歌うのかＮＡＳＡのお誕生会

ひとりでみてしまうひとりでみてしまうひとりでデジタル時計のぞろ目

全身にふたりの指紋を光らせて調律師をみたことがないピアノ

ＮＡＳＡという巨人の腕がロケットを抱きしめている遙かな海辺

貸靴に消毒スプレー吹きつけて海への旅費を作る七月

ズボンの裾をブーツのなかに押し込んでへとへとになる出発の朝

延滞のホラービデオが散らばった部屋の扉を閉ざして海へ

ハイウェイの光のなかを突き進むウルトラマンの精子のように

(すぐそこを)(飛んでる)(眠れ)(どうやって)(蜘蛛が)(眠るな)(笑顔)(聞きたい)

ＮＡＳＡはどっちですか、と問えば警官のサングラスに映る俺の笑顔は

「みずたまりで蟻が溺れています」って高速道路の電光掲示

ハイウェイを歩む少女は出来たてのフルーツパフェをあたまに乗せて

路面には散らばる光　あのなかのひとつで蟻が溺れています

「海へ10キロ」で何故だか思い出す転校生がもらしたうんこ

アンデルセンの焼きたてフランスパン背負ってNASAのセキュリティを突破せよ

お誕生会にブーツで乗り込んでお誕生日じゃないのに、ふぅぅっ

みずたまりに波紋拡げて溺れてるミクロサイズのイエス・キリスト

腕時計にとまった蝶よ　恋人がＮＡＳＡの花壇でおしっこをする

高速道路のみずたまりに口づけてきみの寝顔を想う八月

きらきらと海のひかりを夢見つつ高速道路に散らばった脳

文庫版あとがき

本書の元になった単行本の『ラインマーカーズ』は、二〇〇三年に小学館から刊行された。当時の私はソフトウェアハウスの総務部に勤めていて、会社帰りに担当編集者の村井康司さんとデザイナーの名久井直子さんと打ち合わせを繰り返した。夜の神保町の交叉点で信号を待ちながら、会社を辞めるかも、未来が変わってしまうかも、と思ってどきどきしたことを覚えている。タイトルの候補としては、他にアライグマならぬ『アラワナイグマ』という案もあった。ノーマルなクマだ。

今回の文庫版は、その元版に「ピリン系」(初出『新星十人』)と「手紙魔まみ、教育テレビジョン」(初出『手紙魔まみ、わたしたちの引越し』)を加えたものである。いずれも個人歌集には未収録の連作になる。

文庫化にあたって、編集の村井康司さん、徳田貞幸さんにお世話になりました。ありがとうございました。青葉市子さんと瀬戸夏子さんには、素晴らしい帯文と解説をいただきました。ありがとうございました。今回もまた名久井直子さんにデザインをお願いできて、嬉しいです。

赤、橙、黄、緑、青、藍、紫、きらきらとラインマーカーまみれの聖書

穂村　弘

二〇二二年九月十五日

〈解説〉ふたたびの、聖書

瀬戸夏子

もしかしたら穂村弘の歌はもう今この時代の人々には届かない言葉になっているのかもしれない、と思うときがある。そんなことはないというたくさんの反論がすぐにきこえてくる気もする。その反論のほうが正しいとわたしも思う。ではなぜそんなふうに思ってしまう瞬間があるのか。それは、わたしが、そしてわたしを含む同世代が特権的にこの「ラインマーカーまみれの聖書」を自分の、自分たちのものだと享受していたからだと思う。

穂村はこの「ラインマーカーまみれの聖書」に、ボリス・ヴィアンの言葉をエピグラフとして採用している。

ビー玉が道路をころがってきて、そのあとから子どもたちがやってくる。

「ビー玉」こそこの「ラインマーカーまみれの聖書」であり、そのあとからやってきた「子どもたち」こそこの聖書に憑りつかれていたわたしたちであった。聖書はさまざまな争いを生む。論争を生む。

子どもよりシンジケートをつくろうよ「壁に向かって手をあげなさい」

穂村弘の第一歌集『シンジケート』の表題歌である。『シンジケート』には、穂村が多大な影響を受けた、前衛短歌を代表する塚本邦雄が栞に「擧手の禮」という文章を寄せている。表題歌にしか触れておらず、しかも歌集をほとんど全否定している、感動的な文章でもある。

下句さへなかつたら、經濟學用語としてのそれで、通さうと思へば通らうし、それでマフィアの影でもちらつかせば、一捻りきいたブラック・ユーモアになつたものを。

だが、はつきり言つてくれてよかつた。引用一首の毒はこれで決定的になつた。作者は一見、シンジゲートごつこ遊びめかせでゐる。ゐるのだが、その輕快な歌ひ口が、却つてベビーフェイスのギャングの、冗談もどきの脅し文句に似て氣味が惡い。さしづめ、あのリチャード・ギアあたりに、マフィアのボス補佐くらゐ演じさせると、こんな科白《せりふ》がぴつたりするだらう。そして、場面一轉ここは極東の田舍町（東京も大いなる田舍）、手を擧げて、ひたすら助命請願の姿勢を守つてゐるのは、君の私の、間違つて作つてしまつた例の「子供」そのものであるのに氣づいて、愕然、慄然とするのだ。

どれだけきらびやかな歌をつくろうとも、塚本の歌には戦争を経験した苦しみが転写されているが、穂村のピストルはおもちゃのピストルである。けれど穂村は嘘をつけなかった。本物のピストルを持ったことがない人間は本物のピストルを持ったことがあるような歌をつくれない、いや、つくってはならないという倫理がそこにあったのではないだろうか。苺味の血糊できれいな白いシャツを汚しあいながら笑うような歌こそ、戦後世代の穂村がつくらなければならなかった歌なのではないだろうか。その遊戯が拡大し、明るい「シンジケート」のメンバー、おもちゃのピストルを持った子どもたちが増えつづけ、いつか同志打ちに手を染めなければならなくなるとしても。生殖を選ばなかったイエスさえ、書を通じて「子ども」を「間違つて作つてしまつた」のだ。

イエスは三十四にて果てにき乾葡萄噛みつつ苦くおもふその年齒《とし》　塚本邦雄
スニーカーの踵つぶして履く技を創り給いしイエス・キリスト　穂村弘

塚本は嫉妬と呪怨をこめて、イエス・キリストの歌をたくさん詠んだ。比較すれば、穂村の歌の軽やかさはあきらかだろう。けれどもまた、穂村も塚本の「子ども」だったのだと思う。

そして、塚本はみずからの歌もいつか「間違つ」た「子ども」をつくることを知っていた。だから、手を挙げて命乞いをする「子供」を、「君の」「子ども」だとは言わなかった。「君の私の」「子供」だと言ったのだ。むしろ塚本こそ、戦後社会を撃とうとした自分のピストルの先に、穂村の顔を見て、愕然、慄然としたのではないか。

『シンジケート』の次には『ドライドライアイス』、そして穂村弘の最高傑作『手紙魔まみ、夏の引越し（ウサギ連れ）』が刊行された。穂村のもとに熱烈な手紙を送りつづける謎の少女まみ。まみと、妹のゆゆと、兎のにんにがともにやってきて、愛の生活をすごす日々を、穂村がまみの声で語りながら編まれた歌集で、塚本が『水銀伝説』にてフランスの詩人ヴェルレーヌとランボーの愛の生活を短歌形式で表現しようとして挫折したことを見事に達成した。

おやすみ、ほむほむ。LOVE（いままみの中にあるそういう優しいちからの全て）。
なれというなら、妹にでも姪にでもハートの9にでもなるけれど
その答えはイエス、と不意に燃えあがる銀毛のイエス猫を抱けば

ほむほむとまみは穂村がつくりだしたもっとも熱烈で甘いシンジケートであった。たくさんの人々が次々に入会した。イエス。イエスとマリア。ほむほむとまみ。完璧なシンジケートであった。

けれど『ラインマーカーズ』に収録された「手紙魔まみ」は『手紙魔まみ、夏

の引越し（ウサギ連れ）』とは別の結末をむかえる。新しく収録された「手紙魔まみ、イッツ・ア・スモー・ワールド」でついに穂村は戦争を描いた。シンジケートを破壊したのだ。

そして『ラインマーカーズ』の末尾に収録された書き下ろし連作「ラヴ・ハイウェイ」では、恋人を追いかけた主人公が高速道路で事故死する。シンジケートを失った穂村は死ぬしかなかったのだ。これがわたしたちに与えられた「ラインマーカーまみれの聖書」だった。

けれどもちろん、穂村自身が死んだわけではない。生き延びたイエス。わたしたちはそれぞれ聖書を片手に持ちながら生き延びたイエスを愛し、そしてまた糾弾もした。いまならば、生き延びることもつらかっただろうと想像がつくが、わたしたちは「子ども」だったのだ。けれどそれももう二十年近く前の話である。

今回あたらしくふたつの連作がプラスされて文庫版が刊行される。イエスが十字架刑から復活して以降の福音書のように。

もちろん、そもそも聖書はイエス・キリストの手によって書かれたものではない。けれど現代の聖書はイエスの手によって書かれるしかないのだという悲しみもある。

ふたたび。

ふたたび、いま、あたらしく「ラインマーカーまみれの聖書」は刊行される。

この本は、あたらしい読者であるあなたがたにとって聖書となりえるだろうか？

（せと　なつこ／歌人）

本書のプロフィール

本書は二〇〇三年六月に小社から単行本として発行された同名作品に、「ピリン系」及び「手紙魔まみ、教育テレビジョン」を新たに加え、文庫として刊行したものです。

小学館文庫

ラインマーカーズ
The Best of Homura Hiroshi

著者　穂村《ほむら》　弘《ひろし》

二〇二三年十一月九日　初版第一刷発行
二〇二四年七月六日　第二刷発行

発行人　石川和男
発行所　株式会社 小学館
〒一〇一-八〇〇一
東京都千代田区一ッ橋二-三-一
電話　編集〇三-三二三〇-五一七〇
　　　販売〇三-五二八一-三五五五
印刷所-TOPPANクロレ株式会社

この文庫の詳しい内容はインターネットで24時間ご覧になれます。
小学館公式ホームページ　https://www.shogakukan.co.jp

ISBN978-4-09-407196-2